鴻鴻主編

黑眼睛文化

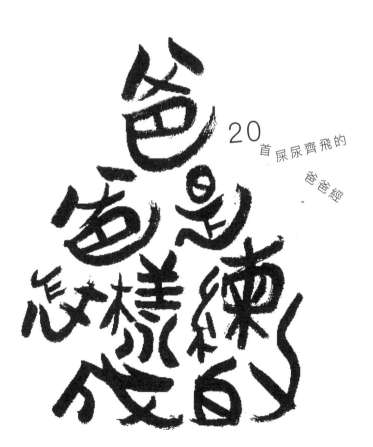

爸爸是怎樣練成的

20首屎尿齊飛的爸爸經

不用「煉」，只要「練」
—— 新時代爸爸養成術

鴻鴻

　　傳統社會或文學中，父親最鮮明的形象是「背影」，子女只能揣測那後面埋藏的是冷淡或壓抑的情感。我們熟知的父親都是透過孩子的眼光：侯孝賢的父親、王文興的父親、張愛玲的父親……或冷漠、或猥瑣、或暴力。父親通常就是個「父權」的肉身神祇或惡魔，上焉者忙於工作，回家也不照管小孩，把子女視為母親的責任，如同消失的存在；下焉者則是通俗電視劇裡的典型人物：酗酒、好賭、家暴，令人只希望他趕快消失。

　　這些父親不擅長表達心聲，導致子女也不知如何跟父親說話。往往要到他垂暮，或亡故。例如夏宇的〈野餐——給父親〉：

　　我不能同行

　　我委婉的解釋

　　他躺著，不再說話

　　他懂

他以前不懂，當我第一次
拒絕的時候，13 歲
因為急速發育而靦腆
自卑，遠遠的，落在後面
我們去買書。
一個孤僻的女兒
愛好藝術……

　　現實中的「傳統父親」雖仍算普遍，但看看幼兒園接送的那些衣著或筆挺或邋遢、神情卻一樣無辜的男人，不難發覺另一種典型已默默誕生。可能的原因有幾：一是女權思想的普及，把孩子和家務一股腦推給女性顯得沙豬，誰也不想自己的老婆變成金智英；二是新貧階級的形成，雙薪才可能支應小家庭的開銷，父母同時工作的情況下，「男主外、女主內」的任務分配顯得不符需要；三是離婚率飆高，為了撫養子女而勉強維繫家庭不再那麼理所當然，父代母職或母代父職成為常態。無論如何，傳統父親的形象在這個時代已左支右絀。

　　黑眼睛文化於二〇一八年五月出版《媽媽 +1：二十首絕望與希望的媽媽之歌》，收錄了十位新時代媽媽詩人。該書主編潘家欣在前言犀利提問：「當我們同情媽媽慘之又慘的遭遇之際，是否也應問一聲：爸爸在哪裡？為何自古至今的親子文學盡述母子情深，卻極少追問缺席的父親：何時要露個臉呢？」

　　這本詩選就是一個回應──是時候讓新一代的父親露臉了。雖然，傳統的父親溫柔起來，也會向孩子說話，為孩子寫詩，不過那往往是勸誡、期許、或對於新生命的抽象頌揚居多。然而，在屎尿泥塗中爬過來倖存的父親，要說的，恐怕不太一樣。這也是為何書名要叫作《爸爸是怎樣練成的》，沒錯，不是「父親」，而是「爸爸」；不是「煉」，而是「練」。爸爸雖苦，但身為父母沒有那麼悲情。育兒的艱難與幸福是互相依存、也是互相加乘的。不需要煉，只需要多多練習，爸爸其實不難上手。

　　於是我們看到給小孩當體操墊、當司機、當嘲笑對象的老爸，也看到把孩子當神、當老師、當對手的老爸，更多是面對可知、不可知未來的預期與憂懼，而

那莫不源自意識到己身有限，而孩子作為生命延伸的強烈感受。那是一種因成為父親自然萌生的責任感：未來世界的想像，在我們注視孩子時，變得格外鮮明。毫無疑問，這也是一種幸福，被孩子拉起和過往、未來、以及世界連結的一種幸福。這些詩於是不止是紀錄，也是思索與提問；不止是寫給孩子，也是寫給歷經生命巨變的自己。

特別感謝劉怡臻、林蔚昀小姐在翻譯與聯繫上的協助。此書在台灣編成，但書寫者遍及許多與台灣連結深厚的詩人，包括香港、北京、日本、波蘭的詩人及台灣新住民。正如台灣因歷史因緣際會造成的多元文化，希望讀者也可以從不同的角度，辨識出當代父親的複疊形象與內心宇宙。

目 次

給念念

王志元

念念，你還那麼
小。我在你眼中
是毛毛的鬍子
是有鬚鬚的大腿
或者粗粗沙沙的肩

為了你餓，我們把
東西先切得小小的
再磨成細細的泥
跟你說：「嗯啊！」
你就會張開嘴

往後你大一點，會有人
告訴你，那是青菜
是肉，是米飯——
萬物都有它們的名字
等小小的東西
組成了大大
的什麼

你也會的。念念
變成一個大大的，我們
尚未可知的
可是請你要記得
其中都有小小的
那些嗯啊

一但你知道這件事
便知世界無非如此
有人跟你說：「這是……」
你就拿小小的嗯啊
去告訴他們
像你今日做的：
在我驚慌的臉上
抹上一滴不算黃
也不算綠的淚

而念念，這也是

我一直

想說，卻仍

不斷得這樣

說的

第一次帶女兒回鄉祭祀父親

王志元

等香燒完，收拾
供品離開前
我和老婆、女兒
坐在塔位外的休息區

我問女兒：「會不會說爺爺？」
女兒不理我，只是
不耐地掙扎
「妳說爺爺。」老婆拿出小米果說：
「要叫三聲。」

第一顆米果，女兒說：「疑疑」
第二顆米果，女兒說：「鴨鴨」
第三顆米果，女兒說：「耶耶」

我和老婆心滿意足地離開

還差點忘了帶走女兒愛吃的

拿來拜拜的藍莓

王志元

曾獲林榮三文學獎新詩佳作、教育部文藝
獎、南華文學獎、嘉大現代文學獎；部分作
品收錄於《2012臺灣詩選》、《生活的證
據：國民新詩讀本》，以及《港澳台八十後詩
人選集》。二〇一一年出版詩集《葬禮》，
二〇一九年出版詩集《惡意的郵差》。當過
週刊旅遊記者、人物組記者，現職為商業攝
影師。女兒叫王念，一歲五個月。

女兒一歲半了。二〇一八年我們生下了她，現在我和女兒終於能用幾個單字溝通。對新手爸爸來說，生育小孩是相當陌生的一件事；孩子一天天在太太的肚子裡漲大，你的身體沒有任何變化，只有無形的壓力增加。等生下來了，你終於認知到你的人生是結束了，要完全獻給她。但此時的她卻完全無法溝通，這是多麼殘忍的一種愛？好在我們現在終於能用幾個單字溝通。有次我問女兒：愛不愛爸爸？女兒竟然拍胸說怕怕。雖然有點受傷，但還是要糾正她：「是爸爸，不是怕怕！」

雙人床健身房

許赫

爬上媽媽的背練習平衡
抓住哥哥的頭髮練習抓舉
在爸爸的肚子練習彈簧墊體操
練習練習直到沒電昏倒
比賽
才要開始

妹妹要扣釦子

許赫

晚上
女兒一直跑來找我說
妹妹要扣釦子
她穿了一件有鈕扣的背心
並且已經扣好了釦子

妹妹最近迷上扣釦子
她說妹妹會自己扣釦子
然後開始表演扣釦子
晚上
女兒一直跑來找我說
妹妹要扣釦子

她穿了一件有鈕扣的背心

並且已經扣好了釦子

然後把手上的樂高小娃娃塞給我

那是個塑膠射出的小女孩

那是個穿外套的小女孩

樂高公司

忘記幫她扣釦子

許赫

詩人，斑馬線文庫出版社社長，目前就讀政
治大學民族學系博士班。從二〇一二年開始
告別好詩創作計畫至今，以攪和華文新詩創
作環境為志業，曾出版《原來女孩不想嫁給
阿北》、《囚徒劇團》、《郵政櫃檯的秋天》等
詩集。二〇二〇年，有兩個孩子，哥哥十一
歲，妹妹九歲。

有了孩子以後，重新認識了愛所指涉的領域，愛不再只用在情人身上，還可以用在孩子身上，當然，也學著愛父母親了。我在家是個白臉，用奇妙的方式帶孩子，讓老婆很翻白眼，但是我帶得不錯，孩子從小到現在都聽得懂人話，真心不騙。

生日快樂

胡續冬

今天沒出太陽，出門時
外面還是一團漆黑。
樓下的長毛橘貓已經就位，
我把自行車推出來的時候，
你用一把貓糧對它說了早上好。
我快速蹬著腳踏板，我們的車
在樹影的雲層之間飛行，
你在後座上喊：「爸爸，看！
下雪了！」果然，路燈的光線中
飄著一點點怯生生的雪。
一路上，你都在鼓勵空中的雪，
商量好讓它課間送你一場雪仗。
騎著騎著，天被我蹬亮了。
路過封凍的湖邊時你沒有說話，
我扭頭，看見你出神的側臉：
你眼裡的水晶叩擊著冰面。
我按出一串脆響的鈴聲，

自行車在胡同裡滑翔，最後

穩穩降落在小學門口。

我抱你下車，從車筐裡取出

書包，給你背上：書包的重量

讓我心裡驟然一愧。

你飛跑著衝進校門，衝向

今天的兩門考試和今後的更多考試。

我對著你的背影喊了一聲：

「刀刀，生日快樂！」

其實我還想喊一句：

「謝謝你，讓我當了七年的爸爸。」

花蹦蹦

胡續冬

今天下午，一隻小昆蟲
爬到了你們班來來的胳膊上：
黑色，滿是小白點，長長的細腿。
來來尖叫了起來，小朋友們擁過來
幫她把蟲子揮到了地上。
一些小朋友說是大蚊子，另一些說是
跳蚤，他們都認為它會咬人
決定亂腳踩死它。
　　　　　只有你
從小跟著我認花識蟲的
小小博物學家，三歲時就認得
它是斑衣蠟蟬小齡若蟲，俗稱
花蹦蹦，只吸樹汁，不咬人。
你告訴小朋友們它是對人無害的花蹦蹦，
你試圖阻止他們瘋狂的踩踏，但
沒有人相信你。個別人只知道
斑衣蠟蟬的大齡若蟲是紅黑相間
不認得它小齡的形態，更加指責你
胡說八道。沒有人理會你。

小朋友們繼續嘉年華一般地踩踏著花蹦蹦。

你在旁邊哭著，一遍一遍地高喊：

「它很可愛！它不會咬人的！」

花蹦蹦被踩得稀巴爛的那一刻，

你突然失控了，踩著腳，發出

刺耳的尖叫，用勁全力嘶吼著說：

「它也是有生命的呀！」然後

你哭著撲向所有人，

手抓，腳踢，怒目相向，

被老師摁住了很久都不能平靜。

老師向我講述這件事時，重點是

讓我教你如何控制情緒。

我聽到的卻是你被迫成長時

幼小的骨頭裡傳出的憤怒的聲響：

女兒，這或許是你第一次體會到

什麼是群氓的碾壓和學識的孤絕，

什麼是百無一用的熱血，

儘管我真希望你一輩子

都對此毫無察覺。

胡續冬

本名胡旭東,一九七四年生於重慶鄉間,後
隨父母遷居至湖北十堰,求學於北京大學中
文系和西方語言文學系,獲文學博士後執教
於北京大學外國語學院世界文學研究所,兼
任北大巴西文化中心副主任。曾在巴西、西
班牙等國客座執教,二○一○年春季曾客座
執教于臺灣中央大學中文系。著有《日曆之
力》《旅行/詩》《片片詩》《白貓脫脫迷失》
等詩集,另有隨筆集和譯詩集。

二〇一二年平安夜，我有了一個女兒，大名胡哥舒，取自「北斗七星高，哥舒夜帶刀」，所以小名就叫刀刀。

刀刀的到來全方位地改變了我的生活，我由一個多少有些不羈的中年變成了一個女兒奴。中國大陸大城市裡的小孩子，一般都是由從家鄉特意趕來的爺爺奶奶或是外公外婆帶大，因為孩子的父母通常都為工作所迫無暇帶娃。但我女兒一直都是由我和妻子照顧的，因為孩子要得晚，雙方父母都年事已高，不忍心讓他們來受累。七年來，我基本放棄了研究工作，只完成最基本的教學任務，謝絕了幾乎所有夜間的社交活動，放棄了多個出國長期交流的機會，把時間都用來變著花樣陪女兒。累是肯定的，這七年我能感覺自己的身體加速老去。但收穫的不只是女兒的成長，更有我生而為人最寶貴的體驗。

父親節寫給小兒女之詩

廖偉棠

爸爸要提前感謝你們

在日子來臨的那一刻

調暗燈光，息我雙眼

開窗把最後的呼氣放走

把寒骨送進火焰片刻溫暖

餘燼裝在沙漏裡面

送給你們的媽媽

一切如我所願

一切寧靜如海洋

然後我去尋找我的父親母親

不管那海洋有多深、多麼黑暗

我們將一再穿過彼此，像自由的粒子

我們將一再擁抱彼此，一再被愛困阻

被愛解剖

被愛縫合

笑一笑吧，英勇的小兒妹

假如你們看到雲，學習它變幻而不消彌

之前
——給女兒

廖偉棠

其實在印成一本詩集之前
樹已經在寫詩

承載那些帶電浪遊的神經之前
矽和我們相約回到白堊紀

在我說愛你之前
已經有 45 億年，月球用潮水撫拍島嶼

廖偉棠

詩人、作家、攝影師。一九七五年出生於廣
東,後移居香港,曾在北京生活五年,現居
台灣。曾獲香港文學獎雙年獎、時報文學獎、
聯合報文學獎等,香港藝術發展獎二〇一二
年度最佳藝術家。曾出版詩集《苦天使》、
《黑雨將至》、《和幽靈一起的香港漫遊》、
《八尺雪意》、《半簿鬼語》、《櫻桃與金剛》
等十餘種。兒八歲、女三歲。

二〇一一年，我在臉書宣告兒子的誕生之時，一片祝賀聲中，有一位少女的留言分外突出，她說：「你問過他是否想要來這個世界了嗎？」

這種質疑是多麼老生常談啊，人類也常常問上帝為什麼要我來這世界，然而人類已然在這世界了，那才是真正你需要的是更充分地體驗這一生，那才是真正的挑戰。父親與兒女是互相成為的，互相給予一個在世界冒險的機會，逃避這個機會毫無意義。

作為詩人，這就是我最感恩父親身份的。尤其想到我和杜甫、陶淵明、姜夔這三個我最膜拜的詩人的共同點除了都使用漢語寫詩之外，就是我們都是父親，而且和姜夔一樣，我也有「乘肩小女隨」。這一份壓力與承擔，自然讓我們的詩與徹底「自由自在」的單身男詩人不一樣（笑）。

個人發展〔小朋友正在進行中〕

Pawel Gorecki

你越過了動物和人類的門檻

你永遠不會再開心了

但你將永遠活著

兩兄弟

Pawel Gorecki

他今天告訴我們一個夢想

或者想法

一個人出生並哭泣

然後這個和那個和哭泣

然後上學和哭泣

所有的生活都是如此，並且哭泣

最後是老去而哭泣

還有不想變成鹽

死後重返地球

這就是哭泣的原因

他個人認為這不是一個好主意

變成鹽

回到地球

所以想哭

但能做什麼，他做了他的功課

收上學的背包

小兒子整天和父親一起學習

電力

關於電纜

以及所有

父親正在轉移和鋪設的事物

Pawel Gorecki（谷柏威）

於一九六〇年生於波蘭克拉科夫（Krakow），
自二〇一六年定居臺灣。他是一名政治哲學家、
記者、攝影師、詩人、行為藝術家。二〇一一
年，他在臺北詩歌節策劃中山堂前的文學展
覽「來自波蘭的禮物—自由文學貨櫃展覽」，
二〇一三年則在澳門策劃「種種可能——當波蘭
詩歌來到澳門」展演活動。他是兩個男孩的爸，
一個九歲，一個三歲。

我是個父親，這就是為什麼會有這個人——我兒子。我的兒子是人，這表示，他有人權，他是個主體。我最親近的人：妻子和兩個兒子。但是兒子也是我的競爭對手。怎麼會這樣？因為他會發現這世上有什麼，這世界是什麼，還有他想從世界身上得到什麼。這就是為什麼，當個「爸爸」其實是關於：「我是誰？」兒子帶領我再一次經歷世界這所學校。

異能
袁兆昌

那個少年被蜘蛛咬了一口
成了蜘蛛俠　感官全開
看到聽到嗅到千里以外
變得狹小的世界

那個男子與妻同眠之後
成了爸爸　感官全開
看到塵土落在衣物角落的不懷好意
聽到夢境外如歌的哭聲重複播放
嗅到排泄快將來臨的永垂不朽

到底是蜘蛛俠的世界　壞人又有新發明
把壞掉的世界弄得更壞
總得攀越大廈跳躍騰空
拉出蜘蛛網來拯救
苟活的人

到底不是爸爸的世界　孩子又有新發明
為詞語多添不相關的字詞
引開話題　明知故問　明知故犯
逃離爸爸在客廳開闢的「哭泣區」
那些溢失　跑到爸爸的懷抱裡
幾秒前流過的淚　掛在笑紋上

車前燈映照進來
影子拉起整座地球
那個少年不知道　自己被蜘蛛咬了一口
成了孩子的床邊故事

孩子還不知道

袁兆昌

孩子還不知道
米奇世界是老鼠白天做的夢
老鼠在早上睡覺時
遊人在牠們的夢裡觀光

孩子還不知道
那頭老鼠在夢裡活了一整個世紀
飼養一條一百歲的狗　同時
和一條比牠高大的狗
做了百年朋友

孩子還不知道
米奇和情人在許多人的婚禮上
結過許多次婚
牠們從不吵架
因為情人不想聽到
一把沙啞的聲音

孩子還不知道

一頭活在夢幻世界的老鼠

其實是一個領薪的人　他們

戴了老鼠的頭顱　與人合照時

肩膀貼著老鼠沉重的臉

老鼠不是不會流汗

只是我們不會看見

孩子還不知道

老鼠在夢裡改編公主故事

那個女子與後母爭奪一個男子

改為善良而愚昧的角色

遊人穿著她的裙子

還以為故事比蘋果更簡單

孩子還不知道

爸爸為孩子買了老鼠的夢

老鼠還是會在晚上

尋找我們沒有吃光的食物

袁兆昌

香港寫作人，生於文革之後，活在動盪之時。曾
出版詩集《肥是一個減不掉的詞》、少年小說《超
凡學生》、訪評集《短暫時間有陽光》等，小說
作品曾改編為漫畫、短片、廣播劇等。與文友編
過《字花》，與友創立文化工房，出版逾百種書
籍。現職教科書編輯，兼任寫作班導師。育有二
女，姐姐三歲，妹妹一個月。

一不小心，做了爸爸。第一次與妻同觀宮內世界，空無一物，大驚。醫師在超聲波機器顯示屏幕上指引：「這是細胞膜。」示意這就是我們的孩子。不安。才隔幾天，我們又去照顯。尚是文藝少女、文藝中年的時代，根本從沒想過，我們會為一個細胞，花費那麼多。

有說生個孩子就治好文青這個病，我說照顧一個孩子根本無一本書可依可靠。當初以文藝為信仰，世界和平；有了孩子，每天都是世界大戰，買書錢被榨取，家庭預算全傾到孩子身上去。

不久，又多一個孩子。慶幸這個時代，多添一兩個孩子為世界分憂。被照顧的孩子長大成人，世界還未到末日的話，或末日之前，幾雙手臂，互相擁抱。從前世界很大，書海無窮；現在，世界只需要四個人在一起，擁抱。

開球

和合亮一

在人群裡，感到寂寞。

雖然是假日　只要一工作起來

忍不住在都會人海裡　找尋你的身影

朝著光亮奔去　找尋你的背影

那男孩　跟你好像

溫柔　頭髮分邊也相同

那小孩也是，背影像極了

和爸爸媽媽一起上街買東西　今天也是好日子呢

沒辦法呀！ 說給

自己聽　的當下

香甜的氣味　我穿著短褲

急急地穿過十字路口　奔跑過去

爸爸向著前方　握緊拳頭

撥開　許多的人

奔往忘我的兒子　往藍天

避開人影　腳趾尖上

踢到足球了

那感觸　傳來

再等一下　下週才

開球

某個夏日

和合亮一

炎熱的一天

我在書齋裡與文字相望

外頭傳來兒子很愉快的聲音

原來是在跟鄰居小孩玩足球啊 很歡樂

才這麼想 他立刻就跑進門來

水！水！

我目不轉睛地盯著原稿

太太也忙著做家事

他連著大叫「ㄕㄨㄟ ㄟ ㄟ ㄟˇ！」

手上拿著大杯子

一臉漲紅

好像玩得不亦樂乎

友伴們歡聲傳進來「WOO…」

不經意瞥向窗子藍天裡的

對話框

咕嚕、咕嚕、啊！
留下痛的瞬間
他又走向外頭
像是喝光了世界上所有的水似
我愉快地笑了起來

和合亮一

詩人。詩集獲第四屆中原中也獎、第四十七屆晚翠獎等獎
項。二〇一一年三一一地震後，居住在福島的和合透過推特
twitter 發表一系列詩作，集結為詩集《詩之礫》（德間書店）；
同年五月，和合受邀至荷蘭皇家音樂廳管弦樂團朗讀詩作，傳
達福島的聲音，也受到日本國內媒體熱切關注。二〇一六年因
村上春樹享譽盛名的法語翻譯家 Corinne Atlan 翻譯《詩之
礫》法文版，榮獲法國努克評論獎，這是日本文壇史上首次獲
頒法國詩集獎項的作品。此外，和合撰有詩集、散文集、繪本
等，特別是在三一一地震後至今，發表超過三十部作品，於世
界多國皆有翻譯出版。和合同時也投入歌劇、影劇等台詞創作，
頗受好評。最新作品詩集《QQQ》（思潮社）獲第二十七屆萩
原朔太郎獎。

（譯者 劉怡臻 明治大學教養設計研究科博士候選人）

我的兒子二十歲了，現在在大學裡學習戲劇。離開我們獨自生活也三年多了。

我總是很懷念與他度過的歲月。在帶他的時候總是沈醉其中，並沒有意識到這是一段無法取代的時光。回過神來，每天都追著他嬌小的身影度過。

雖然現在只能偶爾見到他，但在青年的他身上發現幼時的他，總覺得很開心。

而我心裡總是有一個剛成為父親的我。一開始我不知道怎麼抱小孩感到慌張。我最初的感覺是，他雖然能明確地認識母親，但是怎麼看待我的呢？但就在某一天，他看著我微笑，拼命地想叫我，我才感覺到他知道我是爸爸。而且每次他喃喃地叫我，我心裡像是起了一陣新鮮的風。

我常常想起我們三個人到初夏森林裡野餐。我們在靜靜地流過的雲和陽光下鼓著臉頰吃著飯糰，他看起來很舒服似地伸展身體，第一次用自己的雙腳站立，感覺天空和大地似乎連在一起了（順帶一提，兒子的名字就叫「大地」）。我一輩子都忘不了那個風景。和他在一起的日子，總是充滿著「第一次」。我似乎從他身上學到這個世界上所謂的新鮮感，而這至今仍牽引著我創作。

孩子像神不可捉摸

鴻鴻

孩子像神一般不可捉摸

原本貪得無厭的東西

轉眼就往地上摔

成天想去盪鞦韆

但一到公園卻只肯玩沙

晴天要穿雨鞋，搭電扶梯要往反方向跑

不愛吃飯，只愛吃藥

還樂此不疲幫歌詞摻糖加水：

　「一閃一閃亮晶晶，滿天都是小妹妹」

喜怒無常，但又有

嚴苛的準則——

出門必戴牛角帽

經過超商得買香蕉，而睡前

一定要爸媽親他的手手腳腳

早起要喝燕麥奶、踢足球、看麥兜

雖然次序每天顛倒

上了車他說

「車子不要開太快」

進隧道前他說

「磅空來勒！」

伸出手他說

「葡萄乾一個就好了，不要吃太多」

在美廉社門口他說

「幫媽媽買酒」

經過他的口

所有生活雜碎

都變成閃耀的真理

像冬至那天出現的陽光

和神不同的是

孩子不會要求我殺神獻祭

驗證我的忠誠

孩子是天生哲學家，要求的供品都必須是象徵

以便點化我等過於務實的人生

比如小魚蛋糕、會跳舞唱歌的警車

一觸就破的泡泡

即令如此

孩子仍像神一般無法討好

我們只能坦然承受

命運賜予的震驚、困惑

和一次次更新的醒悟

小孩

鴻鴻

你玩一下，爸爸去倒垃圾喔

你玩一下，爸爸去收掛號喔

你玩一下，爸爸去削水果喔

你玩一下，爸爸去上廁所喔

只有小孩睡著的時候，可以喘口氣

一轉眼，小孩在廚房玩鍋子

一轉眼，小孩在廁所舔瓷磚

一轉眼，小孩要參加畢業旅行了

一轉眼，小孩談戀愛了

想像小孩不在眼前的時候，仍然繼續長大

只有睡著，才能聽見小孩回來了

只有睡著，才能聽見小孩叫爸爸

只有睡著，才能掉回那些口水淚水汗水奶水不分的日子

醒來的時候，世界已經離你好遠好遠

鴻鴻

生於台南、長於桃園。劇場及電影編導，曾獲吳
三連文藝獎。出版有詩集《樂天島》等八種、散
文《阿瓜日記──八０年代文青記事》《晒Ｔ恤》、
評論《新世紀台灣劇場》及小說、劇本等。擔任
過四十餘齣劇場、歌劇、舞蹈之導演，現主持黑
眼睛文化及黑眼睛跨劇團，並擔任台北詩歌節策
展人。小兒目前四歲。

年過五十，成為新手老爸。自覺非常慶幸，在不必把自我追求放在第一位時，樂天才來報到，可以有時間陪伴。但在手忙腳亂育兒的間歇，也往往擔心時不我與。兒子三歲時面對他爺爺過世，會鉅細靡遺詢問死亡的細節，爾後便不時諄諄約定：「我二十歲你再上天堂好不好？」「我五十歲你再上天堂好不好？」或有時也會撂狠話：「你這不聽話的傢伙，我要把你送進焚化爐！」甜蜜地聽著這些，也不無傷感：不知沒有我陪伴的日子，孩子會怎麼長大。

噁爛老爸

駱以軍

我的左腳腳底板內側
有一小塊癢癢的
我想是香港腳吧
就去藥局買香港腳藥膏
我坐在客廳沙發蹺腳擦藥時
小兒子看見了
說
「矮油～好噁心
爸鼻您長香港腳了？」
我說
「這有甚麼噁心？
天生萬物
人吃五穀雜糧
生老病死
什麼疾病都很自然
香港腳又怎麼了？
我又不偷不搶

有啥噁心的了？」

但後來發現腳底板癢的那兒

竟長了一顆小水泡

我記得以前短暫新兵受訓

行軍非常遠

腳底長水泡

班長教我們用縫衣針連一根線

刺穿那水泡

讓那條棉線放在水泡裡

不久就會好 那個清涼舒爽!!!!

於是我在像垃圾堆的書桌翻找

找到以前在超商買的便利小針線盒

當時是救急買來臨時亂縫破掉的褲子

哈哈 裡頭真的有三根針

我拿一根針刺穿那水泡

小兒子又經過

「矮油～

好噁心

在把自己香港腳當刺繡縫嗎？」

我說

「你懂甚麼？」

我告訴他這是治療水泡最棒的古方

但刺穿後

我想把那根針放回小針線盒時

心裡猶豫

這針確實刺過我腳底流出組織液的臭水泡

這樣放回盒裡

很久以後一定忘了

拿來穿線縫鈕扣

好像蠻噁的

我當時坐回書房

在書桌前拿出賴打

用火燒那針尖 想可以消毒殺菌

不料突然那針的熱傳導太好

我指尖一燙

失手那根針就掉下地板

我想這是平時小端 小雷牠們愛趴睡之處

一定要把那根針找出來

但真他媽我有老花眼

或地板太斑駁了

趴在地上怎麼都找不到

但我實在太聰明了

我想起冰箱上有一堆他們小時候的各種恐龍圖案吸鐵

於是我拿了一個那吸鐵

去我書桌下地板吸啊吸啊

叮一下那根針就出現嘍

但這時我想不能把這根針放回針線盒了吧？

但一個難題出現了

我要怎麼丟棄一根針呢

亂扔進垃圾桶 不慎害清潔工被扎出的針刺到

那很不好

我想了許久

聰明的我想起 冰箱有一顆放了太久

有點發黑的小蘋果

我就把那根針刺進那顆媽黑蘋果裡

但要丟這顆蘋果時

不知為何我又覺得不安全

就又再找

最後找到一小截他們小時候玩的小隻三國誌鋼蛋武將的小手臂

把針插埋進那截小塑膠裡

才安心丟掉

這時電鈴響了

小狗亂吠

樓下的老夫妻上來說

他們家的房子被漏水超嚴重

想看看是否我們家的廚房或浴室水管破了

總之

我先喊孩子關狗（並喝斥狗兒）

一邊帶他們巡察時要解釋

應該不是我們這層漏的吧

嘰哩咕嚕

諸如此類

總之好不容送走二老

放出小狗

一切歸於平靜

我發覺我剛剛大約太焦慮

順手把書桌上那顆蘋果吃了

（針？喔 針早就拔出 另插塑膠小玩具扔了）

但想到

我這麼輾轉 迴繞

最後吃了有自己香港腳水泡的毒蘋果 !!!!!!!!!???????

我就是自己扮演白雪公主和壞後母皇后嗎

我看著小兒子

悲傷的想

他腦袋瓜能描述 想污名化他父親的噁爛

他父親最後還是可以遠遠飛越 超標

那噁爛之巔啊

媽祖哄她的小兒子順風耳入睡
駱以軍

「世界在沉沒了」

「秀秀」

「外頭街上有人被砍了」

「秀秀」

「我們的屋子好像漏水了」

「秀秀」

「對面四樓我喜歡的那姐姐家電線走火火焰灑在地毯邊了」

「秀秀」

「有一群混蛋在密室裡討論他們怎麼樣騙人」

「秀秀」

「山上的芒花都枯死了 蕨葉孢子囊都蜷縮了」

「秀秀」

「有一個男人蹲在他公寓頂樓抽菸 掉眼淚」

「秀秀」

「另一個男人正給他對面女生的酒杯裡偷下粉末」

「秀秀」

「最後一批候鳥離開的那夢幻湖正在枯竭」

「秀秀」

「有一顆小行星正朝地球撞來」

「還有多久會到？」

「十六年吧」

「秀秀」

「妳其實是一支設定好的手機吧？」

「你再不睡

令祖嬤要用 AB 膠把你耳朵封起來喔 !!!!!!」

駱以軍

一九六七年生，小說創作者。父親生我時已
四十二歲。我則是三十三歲時，茫然、缺乏理解
的當了新手老爸。我的大兒子今年二十歲，小兒
子十八歲。所以現今我算是老司機了嗎。

做父親後，要很多年後，那個「父的慈愛」之感，才像迴力鏢飛來，這很奇妙，那時恰是孩子們不耐煩你、想遠離你、忘記之前他們和你如此依偎的時光。這階段你才體會到一種，「啊 被對方不愛，但仍是安心、沒啥生氣仍深愛著對方」，這種奇怪的，古老的形式啊。真的很像種樹的人，會有一種非戲劇性的，在他不需要你保護時，「啊」，這個二十年的勞作被宣告可以停一停了，那樣的悵然、懷念、想敬自己一瓶冰啤酒。

遺囑

沈眠

（始）

如果是最後，非常普通地死去
像一棵樹、一片葉、一粒沙
慢慢枯爛與消失
所有的生都只是遺跡
而我早已承認
父親是無能的名詞。

（一）給女兒

妳成胎，而母親正在受難
被痛苦細密穿戳與編織
各式脹裂的故事，攸關情感與記憶
我卻一無所知
只顧活在自己的境界
燃燒一切
忘情地奔越

而我衰老的時間，在妳的成長裡
持續加速，每一回
創作的狂歡
都在削減我的人生
妳的童年
母親的溫柔

母親背負整個宇宙的暗

看顧妳羸弱的火焰，每一次呼吸

翻身，都帶著鬼的意味

站進邊境

她養活了一座憂鬱的湖

水面上，顛簸的死者

群起驚舞

極深處，妳從破壞中誕生

而母親一點一點裂解

困在圈欄，面對狼一般的妳

殘酷的求生，一次吮咬

就是一次血流

她的心智被切片

碎活在凶險的啼哭裡

她被強拉到妳

剛剛長出來的系統

野性與殺戮

而父親不過是外圍

旁觀一切發生

無助地自我凌遲

但盡力不一起崩壞到底

一天過了

一天

一年以後

又一年

我們堅持

切開彼此的肌膚

讀遍黑暗的事

於是明白了，我們不是妳的故鄉

不是妳的聖神

更不能成為妳的妖魔

而妳終究會感覺孤獨

無論有誰在身邊

有時候，悲傷的事

就是會撞過來

人生從來都血腥

但妳不要逃

不要躲開那些裡面生長的

外頭跑進來的邪惡

要在禁區中

找到專屬的動詞

挖掘利刃，跟豐腴的傷口

說話，不畏懼易碎

去成為妳所喜歡的自己

（二）給兒子們

再多的形容詞，也不及
你們的毛色、腳步和呼嚕
以及體膚的撫摸
我的心情任憑塗鴉
歸屬神的製作

可以一起信任黑暗
從表皮到最底層
路徑的後方
都有時間的定義
穿梭其中

蜿蜒的巷弄
充斥各式草創的
無以名的情感

聲音在縫隙鳴叫
輕盈的魂魄
每道門鎖都剔透

你們是不能破解的
而我喜歡
沒有答案的世界
縱使悲傷經常超載
終究會有鬼
跳進來

但你們教懂我
讓它靜靜的掠動
靜靜的
就這麼轉過
生跟死的軸承

（三）給妻

戀人的定義是永恆

妳是永恆

每一個瞬間，妳都進入我

讓我從非人境地

回過神來

甘願變為普通人

將龐大複雜的靈魂

變成簡約的形體

在日常裡，固定為萬物

靜候在身邊

任何時刻都允許

重複探入

無限的受詞

後來——妳所有的疼痛

我難以詳盡指認

當妳無盡地下墜

變成惡鬼

打掃自己的形狀

每一種線條，練習更精緻

柔軟，多綑繩子滾動

髮、五官、肢體和臟腑

加倍的

孤獨的重量

關於心智的裂變

我一動也不動

就傾聽妳的深刻

震耳欲聾

面對生命的事實

我每一刻都，不由自主地縮小

緩慢的迴轉

妳的直接損壞

以及我的間接傷害

從濃鬱的黑白

漸次移動

往柔嫩

心肝變回多彩

妳在我深情的邏輯間

添加副詞，修飾

心智或狂亂生長的野草

謝謝妳容忍我的缺陷

我的分離焦慮症

我滿腔的愛

塞爆身體所有細節的色情

痛苦和洶湧的夢

而人生在悲傷裡

持續加速，無間斷的凹陷

但願最終我足以

長成妳的喜劇

一切傷苦，皆隨我遠離

（終）

我，從來不過是
無能的主詞。
你們應當遺忘我
如同輕柔擱放
親切的昨日

在淡出的時光
告別我已足夠的幸福
像完美的長鏡頭
運行在消逝中
讓一棵樹、一片葉、一粒沙
重新溶入虛無

爸爸是怎樣練成的

作夢——寫給長子

沈眠

兩年來

多夢不止

那是你的話語

或者

深情的看顧

我的十七年

你一輩子

時間保持加速

無可增減

你帶來

一整座夢境

綻放豐盛的心臟

容納我

多年來的暗黑

我用力保持清醒

拒絕被祈禱的渴望

殲滅在虛妄裡

學你的母親

把傷口

磨得更光潔

讓每一道痕跡都清晰

如鏡照

現在

你已經跑遠

在最遼闊

母親為你造的草原

重新生長

所有的器官

把末日留在那一天

留在

我們流血的洞穴

留在地球上

停止轉動

的晝夜

而你在天上跑

我們在地表

嚮往

你的夢境

有最大的明亮

最多的曠野

容納你龐然的心靈

而我們用

後來

很多的時光

練習

向你道歉

全部的雨水

全部的

昨天

我們不告別
告別是無用的
我們不遺忘
遺忘是最後的
但我們不
還不能停止
你留在
我們記憶中的
呼吸與心跳

沈眠

一九七六年十月降生，與夢媧和三頭兒子貓帝、
魔兒、神跩及一人類女兒禪共同生活的寫字狂。
獲多種文學獎，數度入選臺灣詩選及現代詩
選集。二〇一四年出版短篇小說集《詩集》，
二〇一七年線上發表《武俠小說》詩集。詩作、
書評與專訪等，常見於報紙副刊、詩刊雜誌與網
路媒體。擁有個人部落格【最初，只剩下蜂蜜的
幻覺。】

我名之為禪的女兒啊，現時三歲。妳每天都在笑瞇瞇。

而我是一名憂愁的父親。像是分裂一樣，有一大半的

我活在對創作的渴望中。偶爾回

過神來，總是發現妳在笑。

燦爛得像是一首從星空裡

誕生的詩。妳比我值得

喜悅。我只是依賴妳

母的溫柔以及生命中

各種難能可貴的機遇，

僥倖存活。比如妳的兄長貓

帝、魔兒和神跎也總是擅長撬

開我幽暗的洞穴。而我希望，父

親的意義是多餘的。許久後，妳將學會重新發明自

己的性別、名字和命運，而從來不需要我更多。

爸爸是怎樣練成的

—— 20首屎尿齊飛的爸爸經

主編	鴻鴻
設計	反覆分心 Placebo Studio
責任編輯	陳莘珊
出版	黑眼睛文化事業有限公司
E-mail	darkeyeslab@gmail.com
總經銷	紅螞蟻圖書有限公司
地址	台北市 114 內湖區舊宗路 2 段 121 巷 19 號
電話	(02) 2795-3656
傳真	(02) 2795-4100
E-mail	red0511@ms51.hinet.net
印刷	鴻柏印刷事業股份有限公司
初版	2020 年 06 月
定價	280 元
ISBN	978-986-6359-81-1

黑眼睛文化
事業有限公司

國家圖書館預行編目 | 爸爸是怎樣練成的：20首屎尿齊飛的爸爸經 / 鴻鴻主編.
-- 初版 . -- 臺北市：黑眼睛文化，2020. | 96 面；12.5 公分 x 18 公分 |
ISBN 978-986-6359-81-1 (平裝) | 851.486 | 109003657